AF469787

IMPRIMERIE J. CLAVE
RUE SAINT-BENOIT 7
PARIS

COLLECTION DE M. D. W***

TABLEAUX

ANCIENS ET MODERNES

TAPISSERIES DU XVe SIÈCLE

VENTE

HOTEL DROUOT, SALLES N°s 8 ET 9

Le Vendredi 21 Mars 1873

EXPOSITIONS

PARTICULIÈRE	PUBLIQUE
Le Mercredi 19 Mars 1873	Le Jeudi 20 Mars 1873

Me ESCRIBE	M. HARO
COMMISSAIRE-PRISEUR	PEINTRE-EXPERT
6, rue de Hanovre	14, rue Visconti

— Vendredi a eu lieu, à l'hôtel Drouot, la vente aux enchères publiques de la galerie de peinture de M. D. Wilson, député de la Gironde. Cette vente a produit la somme totale de 294,655 francs.

Le principal tableau de cette remarquable collection, *la Mort de Sardanapale*, d'Eugène Delacroix, a été adjugé à M. Durand Ruel, pour la somme de 96,000 fr.

Le beau paysage de Jules Dupré, intitulé *les Environs de Southampton*, a été acheté par le même 42,000 francs.

La Mare aux vaches*, de Troyon, a été acquise par M. Hollander, au prix de 33,000 francs ; *le Paysage*, de Troyon, figures et animaux, par M. Evrard (de Londres) ; *les Bûcherons*, du même, ont été adjugés, au prix de 22,000 francs, à M. Febvre ; *le Portrait de Christian IV*, de Karel van Mander fils, à M. Stern, pour 3,900 fr. ; *le Job*, de Jordaens, a été acquis par M. Haro, pour la somme de 900 francs ; *la Tête de jeune fille*, de Greuze, a été vendue 2,550 fr. ; *la Sentinelle*, de Protais, 4,500 fr. ; *les tapisseries du quinzième siècle*, 23,500 francs.

Un journal avait avancé que M. Durand-Ruel, qui a acheté à la vente Wilson le *Sardanapale* de Delacroix et qui l'a payé 96,000 fr., ne s'en était rendu acquéreur que pour le compte du vendeur. M. Wilson, ne voulant pas céder son tableau pour moins de 100,000 fr., aurait donné des ordres à M. Durand-Ruel, qui aurait surenchéri sur 95,000 fr., espérant que son concurrent mettrait les 4,000 fr. complémentaires.

M. Durand-Ruel a fait insérer dans plusieurs journaux la lettre qui suit :

Paris, 27 mars 1873.

Monsieur le Rédacteur,

Je lis dans le numéro de ce jour de *Paris-Journal* qu'*il paraît certain* que j'ai racheté le *Sardanapale* pour le compte de M. Wilson.

Je viens vous prier de démentir ce bruit.

J'ai acheté ce tableau pour mon compte personnel, et nullement pour M. Wilson. Je ne l'ai pas acheté non plus pour Mgr le duc d'Aumale, ni pour M. Thiers, ainsi que plusieurs organes de la presse en ont fait courir le bruit, et je viens d'envoyer ce chef-d'œuvre de Delacroix à Londres, pour l'y exposer dans la succursale que je possède dans cette ville.

Agréez, je vous prie, Monsieur le rédacteur, toutes mes salutations empressées.

DURAND-RUEL.

La vente des tableaux anciens et modernes appartenant à M. Wilson a eu lieu la semaine dernière à l'hôtel Drouot, au milieu d'un grand concours de curieux. Voici les prix d'adjudication des toiles les plus importantes :

Le principal tableau de cette remarquable collection, *la Mort de Sardanapale*, d'Eugène Delacroix, a été adjugé à M. Durand-Ruel pour la somme de 96,000 francs. Le paysage de Jules Dupré, *les Environs de Southampton*, a été acheté, par le même, 42,000 fr.; *la Mare aux vaches*, de Troyon, par M. Hollander, 33,000 fr.; *les Bûcherons*, du même, 22,000 fr., par M. Febvre; le *Portrait de Christian IV*, de Karel van Mander fils, 3,900 fr., par M. Stern; le *Job*, de Jordaens, par M. Haro, 900 fr.; la *Tête de jeune Fille*, de Greuze, 2,550 fr.; *la Sentinelle*, de Protais, 4,500 fr.; les *Tapisseries du XVe siècle*, 23,500 fr.

Voici les prix atteints par d'autres tableaux : Bonington : *Entrée de village en Normandie*, 2,000 fr.; Decamps : *Pêcheuse*, 900 fr.; J. Dupré : *Paysage*, 3,500 fr.; *Soleil couchant*, 4,500 fr.; *les Lavandières*, 1,525 fr.; Ribeira : *le Christ mort soutenu par la Vierge*, 16,000 fr.; Ruysdael : *Paysage*, 4,600 fr.; Murillo : *Saint Joseph et l'enfant Jésus*, 8,000 fr.; A. Cuyp : *la Chasse au faucon*, 3,800 fr.

Quelques autres toiles attribuées à Poussin, Rubens, Greuze, sont montées de 600 à 2,000 fr.

Un très-beau paysage, avec animaux, grandeur naturelle, de De Marne, ne s'est vendu que 3,750 fr.

Les tableaux de Troyon, *la Mare aux vaches* et *les Bûcherons*, adjugés, comme nous le disons plus haut, le premier 33,000 fr., le second 22,000 fr., ont été payés, avant 1848 (sur commande à l'artiste), 6,000 fr. — Le *Sardanapale*, vendu 96,000 fr., n'a coûté, en 1845, que 6,000 fr.

Les Environs de Southampton, qui viennent d'être vendus 42,000 fr., ont été acquis par M. Paul Perrier 500 fr. et vendus à M. Wilson, il y a trente ans, 1,000 fr.

Le total de la vente s'est élevé à la somme de 294,655 fr.

CATALOGUE

DES

TABLEAUX

ET

DES TAPISSERIES

FAISANT PARTIE

DE LA COLLECTION DE M. D. W***

CATALOGUE

DES

TABLEAUX

ANCIENS ET MODERNES

ET

DES TAPISSERIES

FAISANT PARTIE DE

LA COLLECTION DE M. D. W*** [ILSON]

LA VENTE AURA LIEU

HOTEL DROUOT, SALLES Nos 8 ET 9

Le Vendredi 21 Mars 1873

A TROIS HEURES PRÉCISES

EXPOSITIONS

PARTICULIÈRE	PUBLIQUE
Le Mercredi 19 Mars 1873	Le Jeudi 20 Mars 1873

Me ESCRIBE	M. HARO, peintre-expert
COMMISSAIRE-PRISEUR	CHEVALIER DE LA LÉGION D'HONNEUR
6, rue de Hanovre, 6	14, rue Visconti, et rue Bonaparte, 20

CE CATALOGUE SE DISTRIBUE

A PARIS CHEZ

Mᵉ ESCRIBE	M. HARO
COMMISSAIRE-PRISEUR	PEINTRE-EXPERT
6, rue de Hanovre, 6	14, rue Visconti, et rue Bonaparte, 20

CONDITIONS DE LA VENTE

Elle sera faite au comptant.

Les acquéreurs payeront *cinq pour cent* en sus du prix d'adjudication.

Les tableaux que nous présentons aux amateurs ont été choisis avec un goût exceptionnel par M. W., père.

Cet amateur distingué a acheté, de 1820 à 1848, les œuvres les plus estimées des maîtres anciens et modernes.

Les tableaux anciens admis par M. W. dans sa collection ont été gravés pour la plupart; ils proviennent de deux galeries célèbres, formées au commencement de ce siècle, et sur lesquelles nous croyons devoir donner quelques détails, qui intéresseront ceux qui s'occupent de l'histoire des arts.

En 1825, M. W. se rendit acquéreur des pièces les plus importantes de la collection du baron Massias, résident de France à Carlsruhe.

Landon a consacré, en 1815, à la description de la galerie Massias un volume faisant suite à son ouvrage des *Annales du musée :* on y trouve gravés le *Ribera* et les *Deux Enfants de Rubens*.

L'opinion d'un critique tel que Landon a trop d'importance pour que nous passions sous silence le jugement qu'il portait sur la collection dont il nous a laissé la description.

« Le choix des tableaux qui, dit-il, composent la galerie de M. Massias, à Paris, est un témoignage du goût et des connaissances de cet amateur distingué. Moins jaloux de former une collection nombreuse que de réunir des objets dignes de fixer l'attention des connaisseurs, il ne les a acquis que successivement, de loin en loin, et n'a rien épargné pour atteindre son but. »

Dès 1821, M. W., père, avait acheté à M. le chevalier Bodin Desmolands la belle collection de tableaux anciens réunie par lui dans son château de Greng, près du lac de Morat, en Suisse.

Il n'est pas sans intérêt de rappeler que M. Bodin Desmolands s'était rendu acquéreur des tableaux de Joseph Bonaparte. Pendant son séjour en Espagne, le frère de Napoléon avait fait un choix d'œuvres rares et précieuses dans diverses galeries royales et notamment dans celle de l'Escurial; il les emporta en Suisse après la chute de l'Empire et les vendit à M. Bodin Desmolands.

Les événements politiques dont a profité cet amateur expliquent comment il est arrivé à posséder le *Saint-Joseph*, de Murillo.

Dans les modernes, nous commencerons par le tableau si célèbre d'Eugène Delacroix, représentant la *Mort de Sardana-*

pale; il fut acheté directement à l'artiste, en 1845, par M. W.

Nous croyons, pour cette page si importante dans l'œuvre du grand coloriste français, devoir reproduire en entier l'étude que M. Théophile Silvestre y a consacrée. Nous pourrions sans doute faire quelques réserves sur certains points vigoureusement exprimés, peut-être même avec trop de rudesse; nous nous arrêtons au parti de la citer textuellement.

MORT DE SARDANAPALE

(TABLEAU EXPOSÉ EN 1827.)

I.

Malgré sa grande renommée, malgré l'abondance, la splendeur et l'expression de ses ouvrages, — les uns presque parfaits, les autres inégaux et outrés, mais fourmillant de belles choses, — Eugène Delacroix, à l'apogée et même à la fin de sa carrière, était loin de se sentir généralement compris et admiré : « Voilà plus de trente ans que je suis livré aux bêtes; et ce n'est pas fini; » nous disait-il un jour. Jamais en effet homme de génie ne fut plus séparé du vulgaire par l'originalité, la hauteur et la violence de son œuvre. Tant d'années de luttes l'avaient laissé défiant et railleur envers la critique contemporaine; mais il comptait sur le jugement de la postérité. Comme les Maîtres les plus profonds et les plus élevés, il avait besoin de mourir pour être plus vivant que jamais. Sa mort fut son apothéose.

« Je vais enfin être jugé, dit-il, au moment suprême. Je n'ai pas peur de l'être. »

Telle était la lucidité de ce pressentiment, que la vente posthume des moindres fragments de l'œuvre d'Eugène Delacroix fut la consécration du Maître : on se les enleva, non pas avec un engouement que le temps emporte, mais avec un enthousiasme réfléchi, chaque jour croissant, et durable.

L'esprit toujours fixé sur ce rameau d'or, « conquête des grands cœurs », que montre sa *Sibylle,* Eugène Delacroix était tellement épris d'immortalité, qu'il se donna, toute sa vie, d'indicibles tourments pour multiplier ses ouvrages et pour conjurer leur altération et leur destruction : les caprices de l'atmosphère, les hasards du transport et toute sorte d'accidents imaginables le faisaient frémir pour chacun de ses tableaux. Il les traitait comme des enfants infirmes et toujours en danger de mort; tant il en avait à la fois la maternité tendre et la paternité soucieuse!

Cette peur de la destruction redoublait son labeur, sa constance et sa fécondité. Il allait, il allait trop, et souvent trop vite, même pour ce siècle à vapeur; mais il voulait se perpétuer à force de produire; et disputer toujours quelque lambeau de plus de sa mémoire au temps, aux naufrages, à l'incendie et aux révolutions. Lui, qui maudissait les émeutiers de 48, au Palais-Royal, où périt un de ses tableaux, n'a pas eu au moins le malheur de voir les Vandales de la Commune, brûlant, avec l'Hôtel-de-Ville, ses peintures du salon de la Paix; avec la Cour-des-Comptes, son *Justinien;* prêts à pétroler, au Louvre, tous les chefs-d'œuvre, en criant : « Nous en ferons d'autres! » enfin renversant la Colonne sur un lit de fumier : comme si la barbarie pouvait, en rasant les monuments, abolir le génie, l'héroïsme et l'histoire!

Plus les œuvres d'art qu'il nous reste, après tant de folies, de crimes et de hontes, sont menacés, plus nous les aimons. C'est surtout par ce sentiment que s'affirment encore, aux yeux des peuples, l'intelligence et la vitalité françaises. Depuis nos derniers désastres, les esprits, prostrés par des scènes hideuses, ne peuvent être relevés que par l'amour du bien et le plaisir du beau. On dirait, depuis quelque temps, que l'acquisition des tableaux est, pour les cœurs attristés, la meilleure des consolations; et, pour les fortunes inquiètes, le plus solide des placements. Les collections et les musées se multiplient et se complètent, dans les deux mondes, avec une extrême ferveur.

Toutes les rares fois qu'un très-célèbre tableau de notre école moderne est mis en vente, il ne manque pas de mettre en branle le monde artiste, surtout s'il est de Delacroix, maintenant le favori de l'opinion et le lion des enchères. Entre tous les tableaux fameux de l'illustre Maître, il en est un, de la plus vaste dimension, d'une importance tout à fait capitale dans la tradition de l'Art français; un anneau vivant de sa chaîne historique. Ce tableau, du plus orageux renom, où l'auteur vit dans l'outrance de ses défauts et de ses qualités, et qui fit tempête, au Salon de 1827 : c'est la *Mort de Sardanapale.*

Sa très-prochaine mise en vente est un événement.

Eugène Delacroix le faisait, à vingt-huit ans, dans tous les transports de la gloire naissante et de l'âge enflammé, mais aussi sous les influences diverses et troublantes de quelques maîtres vivants de l'Angleterre, qu'il venait de visiter, et qui l'avaient séduit : Wilkie, Lawrence, Etty, Constable et Turner. Chez nous, d'aucuns voyaient en Delacroix un chef d'école, d'autres un chef d'émeute. C'était au plus fort du Romantisme, au moment décisif de cette querelle, dite *des Coloristes et des Dessinateurs;* querelle qu'il est peut-être bon de rappeler sommairement, ici :

II.

Les dessinateurs, derniers héritiers de l'école de David, posaient en principe le culte exclusif de la forme humaine; et faisaient résulter la beauté de la combinaison précise des lignes ou contours du dessin proprement dit. Pour eux, il n'y avait ni style ni caractère possibles hors de l'imitation des statues antiques, combinée avec l'étude du modèle vivant. Ils ajoutaient que l'amour de la couleur et le sentiment du paysage altèrent la forme humaine, la réduisent à un aspect vague et chatoyant, à une sorte de vérité, peut-être agréable aux yeux et fidèle à la réalité, mais mortelle à l'imagination.

Les coloristes soutenaient, au contraire, que la beauté résulte de l'expansion de la vie physique et de l'expression des passions de l'âme, au lieu d'être enserrée par des lignes convenues; qu'il est impossible de rendre complétement le relief, le mouvement, l'effet de la nature, autrement que par le prestige de la lumière et l'harmonie de la couleur ; que la statuaire antique elle-même est plutôt belle par la saillie et l'ampleur de ses plans que par la circonscription de son galbe; que le pastiche des ouvrages les plus parfaits est nul; que le choix du sujet est libre, à condition qu'on le rende bien; que la peinture est « l'art de saisir l'esprit du spectateur en passant par ses yeux » ; et que, supprimer le paysage, c'est priver le monde de place, d'air et de soleil; en un mot, refaire le chaos, etc., etc.

Grande logomachie, dans les deux camps.

L'école française était tombée en désarroi. L'autorité de David expirait. Restaient quelques caudataires savants, plus ou moins attachés à ses recettes, mais n'ayant pas cette dure fierté qui fit un homme épique du peintre de Socrate, de Marat et de Napoléon. Girodet croyait continuer Michel Ange à force d'étirer les muscles de ses modèles; Gérard pourtraicturait l'Europe officielle; Le Thière outrait et vulgarisait encore l'atrocité stoïque de David, dans son *Exécution des fils de Brutus*, vaste machine terrifiante et grandiose.

Sans doute David avait un moment relevé l'Art français en commandant l'étude et les efforts à une génération d'artistes faciles et relâchés, qui faisaient tout de pratique, en se jouant; sans doute il leur avait montré comment il faut dessiner et jusqu'à un certain point comment il faut peindre; mais il ne leur avait pas appris à faire un tableau. David avait balayé le maniérisme de Boucher ; mais, David mort, le maniérisme fut remplacé par une application minutieuse et stérile. A la fois trop attachés aux formes statuaires et aux formes vivantes, les derniers davidiens ne faisaient plus qu'hésiter, et sur la pensée et sur l'expression de leur sujet : ils *modernisaient* l'antique ou *antiquisaient* le moderne.

Les jeunes gens de dix-huit à vingt ans, — Géricault et Delacroix, élèves de Guérin, à leur tête, — avaient commencé à copier au Louvre les Rubens, les Véronèse et les Rembrandt. Jusque-là, les peintres n'avaient guère étudié que les sculptures du Musée des antiques. La réaction romantique était faite.

Le vrai précurseur du Romantisme fut Gros, qui, par des ouvrages d'un ensemble grandiose et dont les détails sont palpitants, rattachait seul encore l'Art français à la tradition magistrale. Mais, dès la chute de l'Empire, dont la force et la gloire l'avaient inspiré, Gros, manquant de confiance en son propre génie, avait tourné le dos à la jeune génération, encore électrisée par ses tableaux comme par des chants d'Iliade. Gros était un demi-dieu pour Géricault et pour Delacroix.

Aussi Gros fut-il pris par les derniers classiques davidiens pour première victime expiatoire des outrances romantiques. On lui reprocha ses meilleurs ouvrages comme autant d'erreurs et de mauvais exemples.

Après avoir fait son *meâ culpâ* devant les *Sabines* de David, Gros, menant le deuil de Girodet, fit sur sa tombe un discours que l'on peut résumer : « Girodet est mort!... qu'allons-nous devenir! Malheur à nous, qui sommes trop coloristes et pas assez dessinateurs! »

Quelle ne fut pas la surprise et l'irritation des classiques, déjà scandalisés par Géricault, de voir surgir, avec sa rutilante audace, Eugène Delacroix dans le *Massacre de Scio,* au Salon de 1824! *Dante et Virgile,* tableau relativement sage, quoique déjà très-fier, avait passé. Mais le *Massacre de Scio,* tout en grandissant l'auteur dans l'opinion, fut appelé par les dessinateurs de l'Académie : « le Massacre de la Peinture. » L'éclat et la variété de la couleur, si naturels à Delacroix, et subitement surexcités chez lui par la vue d'un paysage de Constable, leur semblait une agaçante profusion de rubans agités et de papillons voltigeants. « Ce jeune homme court sur les toits, » dit Gérard. « Il arrache les yeux et les membres à ses personnages, » dit Girodet. « Un grand peintre vient de naître, » dit Gros.

III.

Écrivains et artistes s'étaient portés au Salon de 1827, comme au plus fort de la bataille. Ingres, déjà fait chevalier de la Légion d'honneur et nommé membre de l'Institut, pour son *Vœu de Louis XIII,* — concurremment exposé avec le *Massacre de Scio* et la *Naissance d'Henry IV,* d'Eugène Devéria, — Ingres exposait, cette fois, l'*Apothéose d'Homère.* Eugène Delacroix arrivait avec *le Christ au Jardin des Oliviers, Justinien, la Grèce sur les ruines de Missolonghi, Marino Faliero* et la *Mort de Sardanapale.*

Ingres l'emporta, de haute lutte, au nom des dessinateurs; Delacroix était battu, au nom des coloristes. L'opinion, chauffée par les extravagances de la presse, éclata : les deux partis artistes donnèrent chaque jour le scandale de leurs animosités. *Le Christ au Jardin des Oliviers, la Grèce sur les ruines de Missolonghi,* — que Lawrence vantait, et le *Marino Faliero*, qu'il voulait acquérir, — furent vilipendés par la critique. Mais le grain de tempête le plus noir souffla sur le *Sardanapale.* L'auteur n'était plus digne de la lumière du soleil.

Inutile de raviver ici ces *pour* et ces *contre,* tour à tour pédants et acerbes, ignares et brutaux; articles éphémères, noyés, depuis quarante-cinq ans, dans les fonds bourbeux de l'histoire.

« Toutes ces contradictions du sort et de la critique, nous disait finement Eugène Delacroix, sans nous convaincre, ne m'ont jamais beaucoup occupé. La migraine que j'avais de temps en temps, et dont les années m'ont débarrassé, me trouvait beaucoup plus sensible. Je trouve que tous ces picotements de la fortune donnent plus de prix à la tranquillité dont je jouis. Ils ont même tourné à l'avantage de mes études en m'empêchant de me jeter dans la dissipation et d'aller dans le monde avant le moment où l'on peut réellement s'y plaire. »

Quoique Delacroix ait toujours montré, même dans ses pochades hâtives, plus de qualités qu'on ne lui a dit d'injures, il n'eut jamais l'impassibilité de les mépriser. Il les ressentait, au contraire, de la manière la plus vive; mais il ne s'en affligeait qu'en secret, pour ne pas les accréditer. Le plus charmant des hommes, pourvu qu'on ne critiquât pas ses tableaux, il avait contre les écrivains tous les griefs et toutes les préventions possibles. Mais quelle joie pour lui, et quelle joie pétulante, s'il voyait en vous une vive et subite impression de ses œuvres! Malgré son ironie et sa petite cautèle diplomatique, il avait cette constante sensibilité d'âme, « gracieuse maladie », que rien ne peut guérir, et que tout alimente. Assez fort, malgré tous ses écarts, pour être absolument sincère, il aimait pourtant mieux peindre toute la vérité que la dire. Hélas! c'est la timidité de l'homme de génie qui double l'insolence du vulgaire! Mais Delacroix, arrivé depuis longtemps au « connais-toi toi-même », savait aussi à quel point ses moyens étaient encore disproportionnés à ses désirs. Le génie se tourmente; la vanité se vante : le plus grand des sots est très-fier; mais Pascal fut très-humble.

IV.

En 1827, une de ses années les plus fécondes, malgré tous ses mécomptes, Delacroix ne doutait de rien : « La *Mort de Sardanapale* me paraissait, dit-il, une des plus belles plumes de mon chapeau. Me croyant à la veille d'être décoré pour cette prouesse *asiatique* contre les pastiches *spartiates* de l'école de David, je mis mon plus bel habit et ma plus belle cravate blanche pour aller à une soirée de M. Sosthènes de Larochefoucault, alors directeur des Beaux-Arts. Je m'imaginais bonnement que ce personnage allait m'offrir la croix-d'honneur. Je comptais sans l'hôte. M. de Larochefoucault vint à moi, et me tança d'importance : « Si c'est ainsi, Monsieur, que vous entendez peindre, me dit-il, n'attendez pas de moi le moindre travail de longtemps.

— L'univers entier ne m'empêchera pas de voir les choses à ma manière, » répondis-je en lui tirant ma révérence.

Eugène Delacroix fut dix ans à l'index.

Malgré son étude incessante et très-âpre de la nature et des maîtres, sublimée par la lecture des poëtes, Delacroix était encore loin d'être arrivé à des principes arrêtés et à des procédés certains. « Je vois chaque jour, nous disait-il, même vers la fin de sa vie, que je ne sais pas mon métier. » Sa première éducation pittoresque était en effet insuffisante, sinon mauvaise. Son tempérament et son esprit l'ont sauvé. Dans cette période romantique, tous les artistes qui ont marqué se laissaient tous aller à la diable : leurs moyens étaient à peu près instinctifs, et leurs conversations plutôt poétiques que professionnelles; ils suppléaient de leur mieux le savoir par le sentiment.

M. Ingres, qui a été dans l'Art moderne un composé de Boileau, « Législateur du Parnasse », et de Chérubini rageur, ouvrit son école, et rétablit la discipline classique avec une implacabilité draconienne. Il devait d'ailleurs expier lui-même, en 1834, par son *Saint Symphorien*, la faute de trop dessiner, comme Delacroix avait expié, en 1827, par son *Sardanapale*, celle de ne pas dessiner assez.

Fatigué de ses propres agitations et vaincu par lui-même, le parti romantique se débanda : ce fut un sauve-qui-peut de personnalités. Quelques chefs de file, accordant très-habilement leurs convictions et leurs intérêts, se firent un amalgame de principes contraires, afin de plaire à tout le monde par quelque côté, en paraissant chercher la vérité partout.

Eugène Delacroix garda toute son indomptable personnalité, et grandit d'œuvre en œuvre, côtoyant les abîmes, illuminés de ses éclairs ; aussi incapable de rectifier sa voie que de se refaire, et sûr d'avance de s'estropier en corrigeant. Quand il exagère les choses, d'ailleurs, nous ne perdons rien à ce maximum de valeur que leur prêtent son intelligence et son énergie. Le génie de l'abondance, du mouvement et de l'effet n'est pas celui de l'ordre et de la correction. Phidias eût trouvé Michel-Ange torturé; et Raphaël eût jugé Rubens apoplectique. La haute vertu de Delacroix, c'est d'être lui-même avec puissance et avec passion; d'être de son temps par l'acuité et la fébrilité de ses sensations; de tous les temps et de tous les pays par l'étendue, la hauteur et l'intensité de ses facultés poétiques.

V.

L'idée fixe d'Eugène Delacroix étant de « pousser à bout la donnée du tableau », comment a-t-il compris et rendu la *Mort de Sardanapale?*

Après avoir relu le fait, dans la première histoire venue, avec l'ingénuité d'un enfant qui voit et anime tout ce qu'on lui raconte, il aspira dans le drame de Byron des impressions voluptueuses et altières; mais, plus violent que Byron, plus cruel même que l'histoire, il ajoute ici le meurtre à l'incendie et poignarde les femmes avant de les brûler; comme il avait déjà plus fidèlement associé la peste à la guerre dans le *Massacre de Scio*, et comme il devait joindre plus tard la famine à la tempête dans le *Naufrage de Don Juan.*

Pour toute couleur locale, il se contenta de quelques croquis indiens de Victor Jacquemont. Vingt-cinq ans plus tard, il eût grandement profité du musée assyrien, en se gardant bien toutefois de tomber, à la Gérôme, dans cette erreur qui fait de la Peinture une dépendance de l'Archéologie. Au reste, tout renseignement confirmait, au lieu de l'affaiblir, la forte originalité de Delacroix. Pas un document ne pouvait nuire à cette imagination avide et butinante. Tout peintre médiocre est un plagiaire ; tout grand artiste est une abeille.

Pour exprimer le faste et la volupté des mœurs asiatiques dans la *Mort de Sardanapale,* Eugène Delacroix se rappelait aussi quelques passages de Quinte-Curce sur les magnificences, les orgies babyloniennes et les fabuleux trésors des rois et des satrapes de ces contrées féeriques, aux montagnes pleines de pierres précieuses, aux grèves couvertes de perles et aux déserts de sable d'or.

VI.

Après deux ans de siége, Arbace et Bélésis ont forcé Ninive et le palais de Sardanapale. Dans une haute galerie, le dernier descendant de Ninus est mollement étendu et tranquillement accoudé sur son trône ou plutôt sur son lit de pourpre pâle, à têtes d'éléphants d'or massif, incrustées de joyaux. Ce lit forme le cœur d'un bûcher, qui s'allume. Sardanapale va s'y consumer avec ses trésors et ses femmes. La révolte triomphe. Les astres l'ont voulu. Nemrod « le fort chasseur » et Sémiramis, la vieille reine sanglante, ont apparu, au temple d'Astarté. Sardanapale laisse faire les dieux ; mais il veut que son bûcher soit « la leçon des siècles ». Aussi vit-on Calamus, prisonnier d'Alexandre, solliciter un bûcher comme une faveur ; et s étendre, sans sourciller à la flamme, acclamé par l'armée entière et même par les éléphants, qui « bruirent je ne sais quoi de belliqueux en l'honneur de sa mort ».

Pendant que le bûcher s'embrase, Sardanapale fait égorger les femmes, à ses yeux ; holocauste préalable et suave. Tigre plus doux que le velours et plus délicat qu'une rose !

L'égorgement des victimes commence :

La première, la favorite, qui a tant pleuré sur « la malheureuse beauté de son corps », est étendue, toute pâmée, les bras allongés sur la couche royale, avec une grâce féline, mais d'une tendresse infinie. La seconde, debout au pied du bûcher, a tendu la gorge au poignard, non pas avec la furie d'Agrippine ou l'élan tardif de Monime, mais avec une ivresse extatique, mêlée d'effroi, d'amour et de dévouement. La troisième, renversée, roulée sur un coin de la pourpre, plus morte que vive, ne voit même plus venir avec ses coutelets cette vieille libyenne qui va la tuer; duègne plus féroce qu'une panthère noire. La quatrième, femme de couleur, nonchalante et bonne, tourne le dos à Sardanapale et à la mort; mais son tour est venu. La cinquième se couvre la face désespérément. La sixième, prévenant le fer et le feu, s'est pendue par son écharpe à un bossage du palais. La voilà convulsive, disjointe.

A gauche, un palefrenier nègre amène le cheval de bataille du roi, — caparaçonné, empanaché, phaléré, cabré... poignardé. Là même, un autre esclave se poignarde. A l'opposite, deux officiers fidèles de la dernière heure : l'un éperdu, l'autre chargé des trésors que Sardanapale leur donne : « Partez! Vivez heureux! » Autour du bûcher, amas d'objets précieux : idoles d'or, vases antiques, joyaux et armes consacrées.

Dans le haut du tableau, à la droite du roi, strictement vêtues, deux femmes restent encore à leur poste : celle qui éventait Sardanapale et son *échansonne*. Celle-ci a fini son service; celle-là n'attend plus que le signe de verser à Sardanapale une dernière coupe : voilà l'aiguière et la coupe d'or de ses aïeux.

Là-bas, à travers l'atmosphère fuligineuse du ciel ouvert, qui sera tout à l'heure inondé de flammes, on aperçoit une porte géante des remparts, forcés par la révolte; et, plus loin, le temple de Baal; vague pressentiment du style colossal des ruines assyriennes, retrouvées par Layard et Botta. Ainsi, pour son *Marino Faliero,* Delacroix avait quasi deviné l'escalier des Géants.

L'effet général du *Sardanapale* est si prompt que cela même le rend indescriptible. La plume n'a ni la spontanéité ni le prestige du pinceau; elle est lente, successive et toujours froide, à l'analyse de la beauté.

L'ensemble du tableau saisi, arrêtons-nous au personnage principal de la scène, très-frappant par son caractère et par son attitude. La composition, obstruée par endroits, est, ailleurs, un peu vide; mais l'espace libre autour du roi n'est que la distance respectueuse, gardée par le plus intime entourage.

Sardanapale n'est pas ici le type de convention classique, l'homme de la statue et de l'épitaphe d'Anchiale : « MANGE, BOIS, FAIS L'AMOUR; TOUT LE RESTE N'EST RIEN » ; non, c'est le doux et terrible dandy de Byron, retrempé, acéré et rembruni par Delacroix, l'interprète suraigu et forcené des poëtes ; c'est la personnification la plus haute, la plus délicate, la plus nerveuse et la plus *tigrine* du *brutisme*. Ce roi de festins, de fleurs et de débauches; ce roi des fuseaux, « non sans grandeur royale », qui, dans la dernière sortie du siége de Ninive, laissait son casque pour son miroir et bandait ses blessures de son diadème, n'est pas un « lasche et failli de cœur ». Coiffé d'une tiare éclatante, légère et diamantée comme un papillon; des émeraudes en pendants d'oreilles; les pieds nus, avec une bague en pierreries à chaque doigt; et tout enveloppé d'un fin manteau blanc : il tient « bien chaudement sa pauvre chair. » Mais, quoiqu'il déteste la guerre et tous les guerriers; quoiqu'il ait rassasié l'Asie « de paix et de plaisirs », depuis le premier jour de son règne; il eût tout aussi bien, au premier froncement d'humeur, fait de son empire un lac de sang et un désert de cendres.

VI.

Le premier effet de la *Mort de Sardanapale* est saisissant, féerique, mais un peu confus. Les belles choses dont le tableau foisonne sont plutôt épandues que concentrées : ces figures nues, si richement pétries dans la lumière, semblent sorties brusquement, à la Rubens, de ce fond sombre et fantastique. La donnée si complexe du sujet aura fait un moment hésiter le Maître. Sa verve ne pouvait presque aussitôt manquer de l'entraîner.

Pour rendre à la fois la splendeur, la terreur qu'un tel sujet comporte et la tranquillité relative qu'il exige, Delacroix ne se trouvait-il pas tiré à trois sensations? En effet, tous ces personnages, malgré les affres de la situation, doivent rester aveuglément soumis à cette aveugle fatalité d'où viennent tous les biens et tous les maux, et qui n'admet ni la révolte de l'esprit, ni l'exaspération du geste. Il fallait que Delacroix restât au moins relativement tranquille dans la *Mort de Sardanapale*. Il l'a fait; et c'est peut-être à ce seul trait, si rare chez lui, qu'on le méconnut, au Salon de 1827. Les formes déviées ou troublées qu'on lui reprocha n'étaient pourtant, même aux yeux des puristes, que des beautés d'action et d'expression, reconnues même par Girodet dans le *Massacre de Scio,* tableau d'ailleurs plus serré et plus nourri que la *Mort de Sardanapale.*

VII.

Les femmes de Sardanapale sont une jonchée de fleurs humaines. Elles rappellent à la fois l'éclat et la fraîcheur de Rubens, la finesse de Lawrence, l'effet parfois excessif de Reynolds et la couleur mince, claire et trop mythologique d'Etty.

Delacroix, au moment de les peindre, revenait, avons-nous dit, d'Angleterre, charmé de la beauté du sang des ladys, dont Van Dyck, Reynolds et Lawrence ont immortalisé les types, et dont il pouvait seul éviter la frigidité.

Cette influence de l'art anglais est si sensible en maints endroits du *Sardanapale,* qu'il suffit d'un mot, en passant.

VIII.

Un point qui mérite plus d'insistance, c'est l'expression délicate et relativement chaste de cette réunion de femmes, la plupart nues ou demi-nues, exposées aussi simplement ici que sur le marché, où, peut-être, on les acheta. Comme les grandes dames et les nobles jeunes filles de Babylone, qui assistaient nues à d'illustres banquets, par politesse pour d'illustres étrangers, les femmes de Sardanapale, coutumières du fait, ou blasées, dès l'enfance, sur la beauté physique, s'étalent ingénument; ce qui double leur charme. Aucune d'elles ni ne se cache, ni ne se montre. Delacroix, nature aussi ardente que délicate, ne pouvait laisser, même dans son ouvrage le plus voluptueux, ce cachet lubrique qui répugne dans certains tableaux contemporains. L'amour, dans l'œuvre de Delacroix, ne confine jamais au procès actuel de la rue de Suresnes. C'est l'amour des tragiques, de Racine ou de Shakespeare, l'amour qui consume Phèdre, fait rugir Médée, mourir Juliette et Ophélie. Comparez aussi les femmes de la *Mort de Sardanapale* à celles de l'*Orgie romaine*, de M. Thomas Couture; et vous verrez la différence qu'il y a entre une femme nue et une femme nue.

Delacroix avait ce sel qui préserve de la corruption, et ce feu qui la brûle. Excessif, dans ses amours de jeunesse et même d'âge mûr, il n'avait pourtant rien des affectations cyniques de Stendhal, ni du vicieux dandysme de Mérimée, ses amis. Dans ses ouvrages, Delacroix semble même avoir plaisir — sans être dupe — à faire la femme d'une matière plus épurée que celle de l'homme, et à lui inspirer — même sans y croire — le plus beau dévouement. C'est que les femmes de Delacroix, au lieu d'être les filles de tout le monde, étaient les femmes de son génie.

On a dit que, de toutes les passions violentes, celle qui fait le moins de mal à la femme c'est l'amour. Toutes les amoureuses de Delacroix en souffrent ou en meurent. Chez lui, comme dans la vie même,

L'amour est un tyran qui n'épargne personne.

Ses héroïnes n'ont jamais ni la tiédeur élégiaque, ni l'hypocrisie sentimentale, ni la froideur de ces nénuphars, que Jules Barbey d'Aurevilly ne veut pas cueillir :

Nénuphars blancs, fleurs des eaux engourdies
Dont la blancheur fait froid aux cœurs ardents.

Toutes, au contraire, — l'enthousiasme, l'angoisse, la terreur, la mort dans l'âme et près du corps — sont exaltées par quelque grande passion, par la folie de l'amour, du crime ou de la croix. Elles adorent en mourant l'homme aimé, présent ou absent; pour elles l'homme unique, dont la pensée seule est le soleil du cœur et de l'esprit. Voyez, ici même, la femme debout, poussant son âme dans son dernier soupir vers Sardanapale :

Je sais que vos regards vont couvrir mes blessures.

Personne n'a si bien exprimé que Byron et Delacroix la puérilité, grasse, paresseuse, pourtant si passionnée de la femme des pays du soleil : Byron dans *Don Juan;* Delacroix dans les *Femmes d'Alger*. Personne non plus n'a si ardemment *haleiné* que le peintre du *Sardanapale* la beauté de ces courtisanes ioniennes, libyennes ou persiques, qui épousèrent des rois, crachèrent sur les diadèmes, et se firent bâtir des temples. Descendant lui-même par Sémiramis d'une prostituée, Sardanapale regarde ces esclaves splendides et fatales qui font son esclavage; ces femmes dont le sang va couler, et que le feu dévorera comme un encens vivant. Les unes,

Ayant perdu tout mouvement,
Pouls et haleine,

semblent avoir aussi perdu la mémoire jusqu'à se méconnaître; les autres exhalent la vie avec extase.

IX.

Assurément les femmes du *Sardanapale* ne sont pas parfaites. Quelques-unes en sont restées au premier souffle animateur du Maître. Exemple : celle que vous voyez ici renversée sur le coin gauche de la couche royale ou, pour mieux dire, du bûcher; mais ses formes sont d'une indication admirable, quand même. Presque toujours au delà, rarement en deçà de la nature, Delacroix exprime tout sans tout dire, et suggère encore plus qu'il ne dit. Sans doute il était encore loin, dans la *Mort de Sardanapale,* de cette plénitude de formes et de cette richesse variée de couleur dont il devait donner de si magnifiques exemples dans ses Médées, dans ses Andromèdes, surtout dans les suppliantes des

Croisés à Constantinople et dans sa grande nymphe du *Plafond d'Apollon*. Voyez déjà, ici, ces chairs pleines, onctueuses, flexibles; ces gorges fermes, ces cuisses à la Corrége, ces dos, ces épaules et ces bras éblouissants à la Rubens; enfin ce « mélange de lis et de roses », si finement, si suavement embellis de veines azurées. Tout cela charmait les sens et l'imagination de notre bien regretté poëte Charles Baudelaire, le plus enthousiaste, le plus subtil et le plus naïf des interprètes d'Eugène Delacroix.

Ces corps, d'une complexion charmante, ont des flexions parfois difficiles, à cause de leur plénitude même, — quoique l'huile de la vie y surabonde; — les attaches même peuvent sembler détachées. Exemple : la femme debout, dont le bras défaillant s'allonge; ce qui traduirait le dicton : « Les bras lui tombent. » Mais c'est ici, surtout, qu'il faut dire la vérité aux puristes : oui, certains défauts particuliers de forme, criants, si vous voulez, peuvent parfois aider à l'intensité de l'expression. Cela se voit dans les tableaux les plus sages, les plus sévères : ainsi, chez Poussin, le bras droit si abattu de la fille d'*Eudamidas*.

Les bras de la favorite, aux pieds du roi, sont ravissants. Les poignets de ces femmes sont un peu grêles, à la romantique, à la Devéria; quelques mains trop petites; d'autres, grossies, sans plénitude et trop vermillonnées, selon la recette de Rubens et de son petit-fils Watteau. Dans l'œuvre d'Eugène Delacroix, les mains ont une physionomie toute particulière. Il en a fait d'horribles, par horreur des mains *académiques*, qu'il appelait des « fourchettes »; mais il en a peint qui sont l'âme du geste, l'esprit, la passion et la fleur du toucher. Dans son portrait si fin, si nerveux, si mélancolique de M. Alfred Bruyas, qui rappelle ses Hamlet, la main tenant le mouchoir blanc, quoique un peu forte, est d'un effet profond. Dans ses tableaux religieux, infiniment mieux sentis encore que ses tableaux de volupté, les mains de ses femmes, d'une douceur angélique, d'une pureté sainte, ont de l'âme, de la pitié, de l'adoration jusqu'au bout des doigts, en touchant le corps du Christ et les blessures des martyrs.

Entre toutes ces femmes de Sardanapale, douces, tendres ou héroïques, celle-ci, par exemple, n'est pas plus soumise à Sardanapale qu'à la fatalité. En se pendant, elle n'a pas manqué son coup, comme la Monime de Mithridate; mais elle s'en repent avec une frénésie qui n'appartient à ce point-là qu'au sexe *doux* et *faible*. Ses formes ultra-violentes et, sans jeu de mot, laissées en suspens par la verve haletante de l'artiste, firent pousser les hauts cris. Cette figure n'est que le croquis féroce du paroxysme. De là, paraît-il, le mot de M. Victor Hugo, qui a fait lui-même tant de monstres à froid : « Les femmes de Delacroix sont des grenouilles. » Il est pourtant vrai que celle-ci semble en contact avec la pile de Volta, plusieurs milliers d'années avant sa découverte.

X.

Cette outrance d'expression ou cet emportement déformateur frappe encore ici par l'élan de ce personnage hagard, qui semble se précipiter dans le bûcher, en s'écriant. On dirait d'un des pestiférés fantastiques de Gros, acclamant Bonaparte à Jaffa : son bras fend l'air, en flèche ou en aileron; et son œil, horrifié et par trop assyrien, reste ouvert sur les quatre points cardinaux.

Dans ses ouvrages de jeunesse, — plus tard, non, — Delacroix abusait un peu des yeux expressifs. On sera pourtant toujours ému des larmes de la jeune femme accroupie, qui soutient un blessé moribond, dans le *Massacre de Scio* : ces larmes lentes et gonflées tombent comme du plomb fondu. Chez la plupart des peintres, le même effet serait vulgaire ou nul. Mais Delacroix a le génie des détails palpitants, sans nuire à l'effet général de la scène : les regards atroces des émeutiers de sa *Barricade* sont des éclairs fixés de haine, qui font haïr l'émeute.

A propos des yeux, dans l'œuvre des peintres, il faut pourtant reconnaître qu'ils n'ont vraiment grande importance que dans le portrait. Ces *miroirs de l'âme*, dans les tableaux à nombreux personnages surtout, tourmentent beaucoup trop l'attention générale du spectateur en l'appelant ou en le fusillant de tous les côtés à la fois. En cela Rubens lui-même nous paraît parfois agaçant. M. Paul Delaroche eût été capable, certains jours, de donner à toutes ses figures d'hommes le regard du « grand Frédéric » ou de Napoléon.

Les détails sont sans doute fort beaux, premièrement les yeux, quand le génie du peintre les fait aussi bien valoir que Delacroix l'a fait dans son *Sardanapale :* Par ses détails, au lieu de nuire à l'expression générale du tableau il ne la rend que plus intense : il ajoute à l'enthousiasme par le regard de la femme debout que le soldat agenouillé poignarde; à la grâce et à la volupté par ces chevelures magnifiques, relevées, à ces nuques superbes; — souvenirs mêlés de Lawrence et de Devéria. Tout, jusqu'à l'amas brillant des superfluités décoratives, fortifie, pousse à bout la donnée du tableau. Ces trésors, accumulés depuis une longue suite de siècles, prodigués ici, rappellent tout le côté fastueux et féerique de l'Asie dissolue et guerrière et les immenses pillages ultérieurs d'Alexandre, dont les vastes machines de Le Brun refroidissent l'idée. La couleur, même la plus affaiblie, chez Delacroix, frappe encore l'imagination et retentit dans le souvenir : cette pourpre, d'un ton pâli et mourant, du lit de Sardanapale, s'effémine, s'efface et va disparaître avec la gloire des dynasties dont elle fut l'éclatant emblème. Par contraste, ce cheval de bataille, immolé au pied du bûcher, — comme plus tard on immolait un cheval par mois sur le tombeau de Cyrus, — nous dit assez que Sardanapale fut non-seulement l'efféminé des classiques, mais aussi un homme d'énergie, à ses heures, comme sa fin le prouve.

Bien que la *Mort de Sardanapale* soit un tableau plein de belles choses et d'un effet général saisissant, on n'y voulait guère voir, au Salon de 1827, que des formes furieuses et féroces:

On s'écria, les uns : « Delacroix ne sait pas dessiner! » les autres : « Delacroix peint avec un balai ivre! » La gloire a balayé toutes ces inepties. Trois ans auparavant, dans le *Massacre de Scio,* le jeune Maître n'avait-il pas à la fois prouvé la justesse, l'onction et la grâce des formes féminines par la jeune fille que le cavalier turc entraîne, attachée aux crins de son cheval?

XI

Un tableau est corps et âme. L'âme agit et réagit plus ou moins violemment sur les formes humaines : elle les embellit, les surmène, les altère ou les brise. Il est vrai que Michel-Ange, tout en idéalisant, c'est-à-dire en forçant le corps humain jusqu'au terrible et jusqu'au fantastique pourtant si vrai du *Jugement dernier*, reste jusqu'au moindre détail maître absolu de tout ce qu'il touche, anime, exalte et agrandit.

Delacroix était loin de cette impeccable et superbe maîtrise. Pensif, nerveux, souffrant, hâtif, emporté, imaginatif, prestigieux, il s'exaltait, s'hallucinait sur toutes les choses visibles; et, au lieu d'en faire toujours l'histoire naturelle, plus ou moins dramatique, il lui arrivait souvent d'en ébaucher l'Apocalypse, la vision transportée. Il n'avait que le désir de l'ordre, qui est le premier trait de la pérennité du beau. Dans les *Convultionnaires de Tanger*, un des plus beaux et des plus violents ouvrages de son âge mûr, on sent qu'avec un grain de plus de véhémence, Delacroix eût fini par perdre tout pouvoir de figurer la forme humaine.

Malgré toutes ses défaillances, Eugène Delacroix reste le peintre moderne le plus ému des émotions, le Maître unique de la Douleur. N'est-on pas toujours remué, entraîné, enlevé par tout ce qui l'agite, l'entraîne, l'enlève? On chérit la plupart de ses personnages, non-seulement pour leurs corps, mais encore et surtout pour leurs passions si visibles, si saisissantes. Les plus grands poëtes, les plus hautement imaginatifs sont précisément, entre tous les autres, les plus poignants de réalité. Voyez Dante, aussi vivant dans sa bûche qui pleure au feu, que dans son Ugolin, pleurant la mort de ses enfants. Eugène Delacroix sentait trop les tourments de la vie pour ne pas en tourmenter les formes. Il exécrait cette tiédeur qui est l'impuissance même : « Brûlant, je te reçois; tiède, je te vomis. » Toutes les affections, toutes les tristesses, toutes les transes, toutes les affres de l'humanité sont dans son œuvre, tour à tour contenu, expansif, explosif.

Oui, tout ce qui vit, même ce qui n'est plus, vivait dans l'âme de cet homme, si frêle et si vivace, qui prodiguait à tout la vie, et disait avec le poëte : « La poussière même que nous foulons aux pieds fut autrefois vivante et malheureuse. »

Par là, Eugène Delacroix est le parent, le frère puîné des plus grands peintres et des plus grands poëtes : Dante l'eût remercié pour son premier tableau; Shakespeare pour ses Hamlet, ses Ophélie et ses

Desdémone; Byron pour son *Naufrage de Don Juan*. Rembrandt eût admiré la *Mort de l'évêque de Liège;* Véronèse, *Les Croisés à Constantinople;* Rubens, *l'Attila* et la *Justice de Trajan.*

L'œuvre d'Eugène Delacroix est comme les torrents : le cours peut en être troublé; la source en reste pure. Quelque inégalité que l'on puisse voir dans la *Mort de Sardanapale,* on ne peut contester une seule des merveilleuses qualités dont il surabonde. Delacroix est toujours Delacroix : le même arbre fait toujours les mêmes fruits.

Enfin, si l'on compare Eugène Delacroix aux plus grands artistes de son temps, chacun en son genre, il ressemble à la fois à Rachel et à Frédérick pour le caractère dramatique, à Frédérick surtout par ses gestes enlevants et prolongés. Par l'intensité vibrante de sa couleur, il rappelle le chant lyrique et triomphant de Duprez.

Que va devenir ce fameux tableau, la *Mort de Sardanapale?* Par ses outrances va-t-il effarer les timides et irriter encore les puristes? Par la vastité de ses dimensions, va-t-il effrayer les maniaques de l'art *meublant,* les fanatiques du *tableautin,* qui peuvent avoir de grandes galeries, ou de grandes salles, dans de grands châteaux? A la vérité, cette toile extraordinaire, doublement historique, et par son caractère et par son tempêtueux renom, reste, depuis la querelle romantique, un monument inoubliable de l'Art français. La *Mort de Sardanapale* convient surtout à un musée national; mais quel éclat dans une galerie particulière! Ce tableau va-t-il quitter la France? Ce transport ou plutôt cette transportation serait un scandale. Mais, « tout arrive », dit Talleyrand, qui berça Delacroix enfant sur ses genoux. Les Anglais, eux, ne souffrent guère que le moindre tableau de leurs maîtres nationaux, surtout modernes, passe la mer. Nous, Français, aurons-nous le patriotisme au rebours de laisser passer la frontière à la *Mort de Sardanapale?* La place naturelle de ce tableau est au musée du Luxembourg, entre le *Massacre de Scio* et la *Barricade,* deux toiles des plus frappantes de ce siècle, et dont l'auteur est une gloire de la France.

THÉOPHILE SILVESTRE.

Après le *Sardanapale*, nous avons à présenter trois Jules Dupré ; nous signalerons surtout les *Environs de Southampton*, page entre toutes si exceptionnellement célèbre. Heureux l'artiste qui vit assez longtemps pour recueillir le fruit de la lutte et voir la confirmation de sa gloire!

Notre ami regretté, Théophile Gautier, nous écrivait en 1870 cette notice :

« Jules Dupré, qui, de bonne heure, s'est retiré des expositions annuelles pour s'enfoncer dans la forêt et vivre tout seul avec la nature, est un des créateurs du paysage moderne, et nul maître, ayant profité de son initiative, ne peut se vanter de l'avoir dépassé. Il a étudié la lumière, l'attitude secrète des arbres, la circulation de la séve, les colorations et les décolorations du feuillage, les assises des terrains, la pente et le mouvement des eaux, les valeurs diverses des animaux dans le paysage, et il a rendu tout cela avec une force, une intensité et une vigueur de ton incomparables. A ce profond sentiment de la nature, Jules Dupré joignait son idéal. Il ajoutait sa rêverie à l'expression d'un site. Comme tous les artistes de ce beau temps, il allait jusqu'au bout de son génie, ne trouvant rien de trop fort, de trop éclatant, de trop exclusif; *se laissant aller à la furie des empâtements pour retenir et fixer lumière.* »

Hélas! il savait bien qu'il est impossible au peintre

d'être exagéré : le tableau est toujours au-dessous de la nature.

On ne peut prendre au soleil un rayon, et la plus vive lumière de la palette n'est qu'une tache terreuse, et Jules Dupré le voulait ce rayon ! Ce qu'il consuma de forces dans ces luttes de Titan, nul ne saurait le dire; mais ses admirables paysages l'attestent. Il les considérait parfois comme des défaites; mais c'était autant de victoires. Quelle vie, quelle lumière et quelle puissance dans les *Animaux traversant un pont !* Les plus glorieux Flamands seraient fiers de signer une telle œuvre : eh bien, nous pouvons l'affirmer avec sincérité, toute cette description, ces merveilles de vérité et de couleur se retrouvent au plus haut degré dans cette magnifique étude, *Chevaux en liberté dans un pacage, environs de Southampton.*

Il est superflu de louer les magnifiques paysages et animaux de Troyon, les trois compositions importantes exécutées en Bretagne sur la demande de M. W..., sont du plus grand intérêt : elles ont marqué dans la vie de ce peintre et ont été le commencement de ses succès.

Dans les maîtres anciens nous signalons une œuvre capitale : *le Christ mort soutenu par la Vierge,* cette peinture de première ordre serait à sa place dans un musée; rarement Ribera a été à cette hauteur ; Cuyp, dans son *Départ pour la chasse,* Jordaens, Kunffer, Murillo, Ruisdaël et Karel van Mander, avec son beau portrait de Christian IV, offrent un choix remarquable aux collectionneurs.

Les tapisseries dont la description a été faite avec soin sont exceptionnelles, et nous souhaitons qu'elles restent dans un de nos musées comme spécimens des plus rares et les plus curieux.

HARO.

TABLEAUX

DÉSIGNATION

TABLEAUX

BONINGTON.

1. — Entrée de village près de Caudebec (Normandie).

B. — H., 0^m,28. L., 0^m,23.

CUYP (A.).

2. — Départ pour la chasse au faucon.

Sous les murs d'un château avec une terrasse à l'italienne, devant laquelle se dressent quelques arbres, deux gentilshommes à cheval sont prêts à partir. L'un d'eux porte un faucon sur le gantelet de sa main droite. Trois chiens vont s'élancer avec eux. A droite, la campagne.

Signé à droite A. Cuyp.

T. — H., 0^m,67. L., 0^m,85.

DECAMPS.

3. — **Pêcheuse, bords de la mer, étude d'après nature.**

Signé à droite du monogramme DC.

T. — H., $0^{m},33$. L., $0^{m},24$.

DELACROIX (Eugène).

4. — **La Mort de Sardanapale.**

Salon de 1827.

H., $3^{m},95$. L., $4^{m},95$.

DUPRE (Jules).

5. — **Environs de Southampton. Paysage et animaux.**

Dans une des prairies que bordent l'Itchin et le Test, des chevaux en liberté paissent dans un pâturage.

Des rafales de vent balayent la prairie, inclinent les arbres, font frissonner les grandes herbes, agitent la crinière des chevaux et irisent la surface d'une mare où se reflètent les éclaircies du ciel.

Les chevaux semblent pressentir les approches de l'orage; le ciel, où s'amoncellent de gros nuages, rend bien l'expression et le sentiment que l'on éprouve au moment qui précède la tempête.

L'atmosphère lourde et épaisse de l'Angleterre, la nature verdoyante et humide du sol, l'air frais de la mer que l'on devine proche : tout cela est traduit avec une énergie, une maestria qui portent le cachet vigoureux du talent de Jules Dupré, et qui affirment sa personnalité. Qu'il y a loin de cette peinture à l'exécution de MM. Bertin, Watelet, etc., etc.! aussi fit-elle une sensation extraordinaire lors de son exposition en 1835.

C'est à son génie que le peintre dut d'être débarrassé du mécanisme et de la convention de l'école paysagiste d'alors, et de pouvoir, mieux encore que les artistes anglais, peindre leur vigoureuse contrée avec cette énergie et cet empâtement qui sont un des caractères distinctifs de son talent. Ce tableau a appartenu à M. Paul Périer, un de nos amateurs les plus éclairés qui, un des premiers, encouragea l'école moderne.

Lithographié par Français, exposé au Salon de 1835 sous le n° 674.

H., 1^{m},16. L., 1^{m},84.

DUPRÉ (Jules).

6. — **Paysage. Soleil couchant.**

Signé à gauche.

T. — H., 0^{m},35. L., 0^{m},62.

DUPRÉ (Jules).

7. — **Paysage, figures et animaux.**

Signé à droite.

T. — H., 0^{m},28. L., 0^{m},48.

GREUZE (Attribué à).

8. — Jeune Fille.

Elle est représentée presque de face, assise dans un fauteuil et coiffée à la mode du XVIIIe siècle.

Physionomie expressive.

T. ovale. — H., 0m,45. L., 0m,35.

JORDAENS (Jacques).

9. — Job regardant le ciel. Buste.

Peinture d'une extrême énergie. La tête, dessinée d'après quelque modèle vivant, a un caractère de vigueur shakespearienne. Les chairs tourmentées, labourées, expriment de longues souffrances, et le patriarche hébreu semble demander compte au ciel de ses douleurs imméritées.

P. — H., 0m,63. L., 0m,53.

KNUFFER (Nicolas).

10. — Énée et Didon.

Signé et daté 1652.

Gravé.

Provient de la collection du Cher Bodin-Desmolands.

B. — H., 0m,72. L., 1m,05.

KAREL VAN MANDER Fils.

11. — Portrait de Christian IV.

Ce roi de Danemark est né en 1577 et est mort en 1648, au moment où allait finir la guerre de Trente ans.

Ce prince, qui fit la guerre avec des succès variés, emporta la réputation d'un général habile. A l'égard de ses sujets, il montra les qualités d'un grand roi, favorisa le commerce, l'industrie, bâtit de nouvelles villes, entre autres Christiania, Christianstadt, et laissa le Danemark paisible et heureux.

Karel van Mander a représenté le roi Christian debout, grandeur nature, la tête découverte, la main droite appuyée sur une canne, la gauche sur la hanche et tenant son chapeau ; Christian porte une énorme collerette et le collier de l'ordre de l'Éléphant blanc, créé en 1462 par Christian Ier. La tête est d'une rare énergie et d'un vivant caractère.

Ce tableau est d'une grande importance à cause du personnage qu'il représente et du nom de l'auteur, qui passa sa vie au service du Danemark. Il était petit-fils du célèbre Karel Van Mander, peintre, poëte et historien de l'art flamand.

Karel van Mander l'ancien, qui habita Harlem pendant vingt ans, eut la gloire d'être le maître de Frans Hals.

T. — H., 1^m,23. L., 0^m,96.

MARNE (Jean-Louis de).

12. — Paysage avec animaux.

Au premier plan, dans une prairie et près d'un arbre, sont groupés dans diverses attitudes des vaches, un âne, une chèvre et ses chevreaux ; plus loin, d'autres animaux paissent ou s'abreuvent dans une rivière entourée de collines.

De Marne a peint dans cette toile les animaux grandeur nature; l'Académie royale de peinture l'accueillit comme agréé sur la présentation de cette page importante, et son talent, apprécié durant sa vie, lui valut la fortune et les honneurs.

Son exécution, dans les tableaux de grande dimension, offre beaucoup d'analogie avec celle de Kobbel.

T. — H., 2^{m},60. L., 3^{m},25.

MURILLO (Esteban).

13. — Saint Joseph et l'enfant Jésus.

Le charpentier de Bethléem porte le Messie debout, sur son genou gauche. Il a passé une de ses mains derrière l'enfant divin et le préserve de l'autre : le petit Jésus porte dans la main une tige de lis. La tête de saint Joseph exprime la piété, le respect, une naïve componction. Jésus, qui regarde le spectateur, est une des plus belles images du Christ que l'on ait faites. On retrouve dans ce tableau la couleur profonde et suave du maître aussi bien que ses autres qualités. (Ancien catalogue.)

Collection de M. le chevalier Bodin-Desmolands.

T. — H., 0^{m},82. L., 0^{m},64.

PROTAIS.

14. — La Sentinelle (souvenir de Crimée).

Gravé par Masson.

Signé à droite A. Protais, 1860.

T. — H., 1^{m},62. L., 1^{m},12.

POUSSIN (Nicolas, attribué à).

15. — Jeux d'enfants.

Deux enfants paraissent lutter pour une pomme que tient l'un d'eux; un autre s'amuse avec un papillon; un quatrième cherche à attraper un de ces charmants insectes, dont la vue et la possession réjouissent tous les enfants; enfin un cinquième paraît arranger quelques fruits dans une corbeille. On doit considérer cette composition comme une étude de Poussin, plutôt que comme un tableau, car rien ne caractérise le sujet qu'il aurait voulu représenter.

Il existe deux peintures de cette jolie composition: l'une est en Angleterre, chez le comte Grosvenor; l'autre est à Vienne, dans la galerie du comte Liechtenstein. Elle a été gravée par E. Smith, en 1814. (Ancien catalogue de Liechtenstein, par Duchesne aîné, gravé par Reveil, 1859.)

T. — H., 0^{m},00. L., 0^{m},00.

RIBERA (Joseph), dit l'Espagnolet.

16. — Le Christ mort soutenu par la Vierge.

Cette page, une des plus importantes dans l'œuvre du maître, faisait partie de la galerie de M. Massias, ancien résident de France à Carlsruhe. Nous reproduisons la note qui en a été faite par Landon, dans son ouvrage publié en 1815.

Planche vingt-deuxième. — Le Christ mort, soutenu par la Vierge. Tableau de Joseph DE RIBERA.

Peint sur toile.

T. — H., 1^{m},80, L., 1^{m},23.

Plus heureux que Murillo, dont il a été question dans l'article précédent, Joseph de Ribera, dit l'Espagnolet, né à Xativa, ville des environs de Valence, fut envoyé fort jeune en Italie. Il étudia à Parme les ouvrages du Corrège, passa quelque temps à Rome, et se retira ensuite à Naples, où il acquit une si grande réputation qu'il fut regardé comme le premier peintre de ce royaume. L'envie qu'eut Ribera de faire tomber les ouvrages du Dominiquin, dont il était devenu jaloux, le fit changer de manière et il suivit celle du Caravage, dont la vigueur surprenante affaiblissait toutes les autres peintures. Cette manière convenait singulièrement au génie de Ribera, qui le portait à rechercher les sujets terribles et repoussants, tels que les Ixion, les Tantales, les Prométhée, dans le profane; dans le sacré, les martyres de saint Barthélemy, de saint Étienne, de saint Laurent, etc. Il faut convenir que ces morceaux, qui n'ont contre eux que l'horreur du sujet, sont pleins d'une si grande vérité, qu'on ne saurait aller plus loin. Mais il n'y faut chercher ni grâce ni noblesse. On pourrait néanmoins citer plusieurs ouvrages de ce maître dans lesquels il a montré un meilleur choix, un goût moins trivial, une expression plus relevée. Le tableau dont nous donnons ici le trait en offre la preuve. La figure du Christ n'est pas dépourvue de dignité, et les traits de la Vierge expriment bien la douleur maternelle.

H., 5 pieds 6 pouces; L., 3 pieds 6 pouces.

RUBENS (attribué à).

17. — Ronde villageoise.

T. — H., 0m,64. L., 0m,88.

RUBENS (attribué à).

18. — Deux enfants.

Deux enfants sont assis au pied d'un rocher environné de plantes et d'arbustes. Ils jouent et se caressent en souriant avec grâce. L'un d'eux a la main fermée qu'il appuie sur une pomme, d'autres fruits sont répandus à leurs pieds. Dans le lointain, à gauche, est un paysage d'un ton vigoureux. On est d'autant plus porté à prendre ce joli groupe pour celui de l'enfant Jésus et saint Jean, qu'ils ont pour vêtement, l'un la peau d'agneau que l'on a coutume de donner au jeune précurseur de Jésus, l'autre une simple chemise ouverte. Au surplus, ces deux figures se retrouvent dans un tableau de sainte Famille du même auteur ; et quoique Rubens les ait placées dans celui-ci, sans leur donner tous leurs attributs ordinaires, il ne paraît pas avoir eu l'intention d'en changer le caractère primitif.

Ce morceau est du coloris le plus agréable, et joint à ce mérite un certain choix d'expression qui distingue les ouvrages que Rubens a exécutés pendant son séjour en Italie.

Planche cinquante-sixième.

Galerie de M. Massias.

Catalogue de Landon, 1815.

T. — H., 0m,90. L., 0m,00.

RUISDAËL (Jakob).

19 — Paysage.

Bords d'une rivière, sur laquelle flotte une barque où rame un pêcheur vêtu d'une casaque rouge.

Un grand chêne occupe le sommet d'un tertre.

Ciel nuageux.

Signé à gauche, J. Ruisdaël.

H., 0m,40. L., 0m,35.

TROYON.

20. — Paysage, figures et animaux.

Cette composition importante est connue sous la dénomination des *Baigneuses*.

Ce tableau, ainsi que les deux autres qui se font pendant, ont été commandés à Troyon par M. W...

Signé à droite C. Troyon.

T. — H., 1m,60. L., 2m,30.

TROYON.

21. — La Mare aux vaches.

Paysage avec figures et animaux.

Effet de printemps.

Composition importante et exécution remarquable.

T. — H., 1m,98. L., 1m,42.

TROYON.

22. — **Les Bûcherons.**

Paysage avec figures et études d'arbres.
Composition importante et exécution remarquable.
Signé à gauche et daté.

C. Troyon, 1839.

Pendant du précédent.

T. — H., 1^m,98. L., 1^m,42.

TROYON.

23. — **Les Lavandières.**

Esquisse faite pour M. W...

T. — H., 0^m,46. L., 0^m,38.

TROYON.

24. — **La Mare aux vaches.**

Esquisse adoptée par M. W...

T. — H., 0^m,46. L., 0^m,32.

ÉCOLE FLAMANDE.

25. — Sainte Cécile jouant de l'orgue.

La sainte musicienne est dans une grande salle ornée de tableaux, où une troupe d'anges dansent au son du pieux instrument; d'autres planent au-dessus de la sainte qui touche de l'orgue.

Ce tableau peut être attribué à Franck. — Collection du chevalier Bodin-Desmolands.

C. — H., $0^{m},49$. L., $0^{m},64$.

AQUARELLES

ET GOUACHES

AQUARELLES ET GOUACHES

BRUANDET (L.).

26. — **Paysage, figures et animaux.**

Aquarelle.
Signé à droite : L. Bruandet.

H., 0^{m},46. L., 0^{m},60.

DUPRÉ (Jules).

27. —

Aquarelle.

H. 0^{m},00. L., 0^{m},00.

HUET (J.-B.).

28. — **Paysage, figures et animaux.**

Gouache.
Signé à gauche J.-B. Huet, 1770.

H., 0^{m},28. L., 0^{m},36.

HUET (J.-B.).

29. — Paysage, figures et animaux.

Gouache.
Pendant du précédent.
Signé à gauche J.-B. Huet, 1779.

H., 0^{m},28. L., 0^{m},36.

ALLEGRAIN.

30. — Le Temple de l'Amour.

Dans un riant paysage un temple est élevé à l'Amour et des couples de différentes époques y arrivent de toutes parts pour rendre hommage au Dieu vainqueur.

Gouache.

H., 0^{m},54. L., 0^{m},64.

ALLEGRAIN.

31. — Le Temple de l'Amitié.

Dans un paysage agreste un temple est élevé à l'Amitié : au premier plan, un pâturage ; à droite, berger et bergère, et dans le lointain une danse villageoise.

Pendant du précédent.

Gouache.

H., 0^{m},54. L., 0^{m},64.

NOTICE HISTORIQUE

SUR

CINQ TAPISSERIES

Ces cinq tapisseries n'ont pas été brodées à la même époque. Les trois plus grandes sont aussi les plus anciennes et les plus importantes. Les costumes et les chaussures indiquent qu'elles ont été fabriquées vers l'année 1520 ; les caractères du style désignent Bernard van Orley comme auteur; l'une d'elles porte un B isolé, initiale de son nom. Ces tableaux à l'aiguille sont les plus spacieux, les plus compliqués, les plus intéressants que j'aie vus, parmi ceux qui furent exécutés d'après les cartons du peintre officiel de Marguerite d'Autriche. La seule description de ces ouvrages piquera la curiosité des savants et des connaisseurs; à plus forte raison les ouvrages mêmes captiveront-ils leur attention. Le mélange que l'on y remarque des idées et des traditions chrétiennes avec les souvenirs de l'antiquité, constate le progrès de la Renaissance en Belgique et date une seconde fois ces précieuses images. On peut croire qu'elles faisaient partie d'un ensemble, les regarder comme les fragments d'une série que le temps a dispersée; une explication ingénieuse, dont nous parlerons tout à l'heure, permet aussi de penser qu'elles formaient, à elles seules, un tout complet. Elles ont pour l'histoire de l'art dans les Pays-Bas une extrême importance, car elles ouvrent le long défilé des œuvres allégoriques, si multipliées au XVIe siècle. Le goût, la mode, si l'on veut, en continua pendant le siècle suivant, comme le prouvent les poëmes emblématiques de Rubens, qui ornent le musée du Louvre et la salle des banquets, à Whitehall.

Bernard van Orley dessina constamment des modèles de tapisserie pour Marguerite d'Autriche, gouvernante des Pays-Bas, pour son neveu Charles-Quint et pour Marie de Hongrie, sa nièce, devenue régente après elle. On doit donc admettre tout d'abord que les grands tableaux à l'aiguille qui nous occupent ont été commandés par un de ces illustres personnages. Lequel ? La forme des vêtements et celle des chaussures attestent qu'ils furent exécutés pour Marguerite d'Autriche : elle avait nommé Bernard van Orley son peintre officiel en 1518.

Les deux tapisseries d'une plus faible étendue ont été fabriquées au moins dix ans après les premières; les costumes, les chaussures fixent leur date entre 1530 et 1550. Elles n'ont pas de caractères assez prononcés pour qu'on puisse chercher l'auteur des cartons.

TAPISSERIES DE BERNARD VAN ORLEY

TRIOMPHE DE LA FOI

Le premier tableau représente le triomphe de la Foi. Dans le haut de la page se trouve encadrée l'inscription suivante :

Verbo sancta Fides credit et omni
Officiosa Deum relligione colit.

La Foi sainte croit au Verbe et offre à Dieu avec empressement l'hommage d'une complète dévotion.

La vertu théologale nous apparaît de face, assise sur un char. De la main droite, elle porte un modèle d'église ; de la gauche, un calice dominé par une hostie ; son bras, du même côté, entoure le fût d'une croix, au-dessus de laquelle planent les trois personnes divines.

Un lion et un bœuf, emblèmes de saint Marc et de saint Luc, traînent le char et portent un ange et un aigle, images symboliques de saint Mathieu et de saint Jean ; l'ange est assis à la manière des femmes sur le dos du lion. Les quatre évangélistes nous apparaissent donc comme les moteurs, les propagateurs de la Foi.

Celle-ci est environnée d'une auréole lumineuse où on lit le mot *Fides*.

Deux colonnes qui se dressent, à droite et à gauche,

servent de piédestaux à deux statues allégoriques, le judaïsme et le christianisme, la fausse et la vraie religion : une femme qui a les yeux couverts d'un bandeau et presse dans sa main la hampe d'un étendard brisé, figure l'ancienne loi ; une femme tenant le fût d'une croix et portant un calice représente la loi nouvelle. Deux cartouches ménagés sur les colonnes renferment ces mots : *Vetus Testamentum*, *Novum Testamentum*.

Deux compartiments mettent en scène les personnages et les traditions de la vieille croyance, les héros et les légendes de son héritière. A gauche du char, au premier plan, on voit Abraham, Isaac, Judith, Judas Macchabée, David et Goliath ; au second plan, Jacob rêvant de l'échelle mystérieuse, les Égyptiens engloutis dans la mer Rouge, l'arche de Noé, Élie montant au ciel sur un char de feu. A droite du char, au premier plan, sont groupés saint Pierre, sainte Hélène, Théodose, le pape Sylvestre, Constantin et saint Louis. Au second plan, Charlemagne à genoux invoque le ciel, auprès du cadavre d'Olivier, mort en sonnant du fameux cor de Roncevaux, tombé près de lui sur la terre. Dans le lointain, on aperçoit l'armée française en marche, au-dessus de laquelle plane dans la lumière un protecteur, un cavalier céleste, courant bride abattue, portant de la main gauche un étendard marqué d'une croix, et brandissant un glaive de la droite.

De ce côté, en bas de la tapisserie, l'empereur Julien l'Apostat est couché sur la terre, dans l'immobilité de la mort. Sous les pieds du lion et du bœuf gît le faux prophète

Mahomet, détesté de l'Europe chrétienne, sentiment exprimé par son humiliante position.

Noter que presque tous ces personnages sont de grandeur naturelle.

TRIOMPHE DE LA CHARITÉ

Dans la bordure d'en haut se trouvent encadrés ces deux vers latins :

Qui deamat toto cœlestia numina corde
Omnia que pietas munera dictat obit.

Celui qui aime de tout son cœur les célestes puissances accomplit tous les devoirs que prescrit la piété.

Assise sur un char traîné par deux chevaux, la troisième vertu théologale tient de la main droite un soleil, emblème de la lumière divine du christianisme, et de la main gauche un cœur, image des sentiments affectueux. Devant elle, un pélican s'ouvre la poitrine et fait jaillir son sang pour nourrir ses petits.

Un des chevaux est monté par un personnage en riche costume, qui tient dans sa main droite la hampe d'un vaste étendard semé d'étoiles, que le vent fait ondoyer au-dessus de sa tête. Une inscription nous apprend que c'est Judas Macchabée. Les deux quadrupèdes foulent aux pieds Denys le Tyran et l'impitoyable Néron. A côté du char marchent deux femmes, dont l'une porte une coupe de vin, sans doute pour réconforter les malheureux.

Godefroy de Bouillon, tenant une hallebarde de la main gauche, précède à pied le char, dans une fière attitude ; il est désigné au bord de son vêtement par le mot : *Godefredus*.

Un peu en arrière du char, trottent deux cavaliers ; le nom romain de *Brutus*, inscrit sur le baudrier de l'un d'eux, étonne avec raison : il est étrange de voir ce personnage antique dans le cortége de la Charité chrétienne. Juste derrière le véhicule, deux soldats portent une oriflamme, où ondoie le substantif *Charitas*.

Ces divers acteurs occupent le second plan ; ceux du premier complètent la pompe symbolique. De droite à gauche, nous voyons David, le roi légendaire *Tiberius* et la fabuleuse reine Placella, tous deux à genoux pour honorer la triomphatrice. Devant la reine, s'ouvre une petite fosse maçonnée, pleine de pièces d'or ; la dalle qui la couvrait, où se trouve gravée une croix, est à demi écartée. On voit ensuite Tobie enterrant les morts, Élisabeth de Hongrie lavant les pieds d'un pèlerin : celui-ci est la plus heureuse et la plus belle figure de la composition.

En perspective, au troisième plan, on aperçoit à gauche le sacrifice d'Abraham ; à droite, des individus montés sur une colline, qui regardent défiler le cortége.

Le triomphe de la seconde vertu théologale, l'Espérance, qui devrait accompagner les deux autres, est absent.

TRIOMPHE DE LA PRUDENCE

La bordure supérieure de la tapisserie contient ce distique :

Illicitos animi Moderantia comprimit estus
Teque metro stringit Plute, Lyee, Venus.

La Modération comprime les transports illicites de l'âme, et vous impose un frein, Plutus, Bacchus, Vénus.

La composition est peut-être plus singulière, plus originale encore que les deux autres.

La figure allégorique est assise sur un char, comme les précédentes, et tient dans sa main gauche non-seulement un miroir où elle se regarde, mais un serpent qui se mord la queue, symbole de l'éternité, image de la patience; de la droite, elle presse la hampe d'un étendard, dont l'oriflamme doit dépasser le haut de la tapisserie. A ses pieds se trouve écrit le mot *Prudentia*. A sa droite et à sa gauche, on voit deux grues, dont l'une porte une pierre dans sa patte, allusion à quelque proverbe ou croyance populaire.

Le char est traîné par deux animaux fantastiques, deux espèces de griffons, sur le dos desquels se tiennent debout un guerrier et une femme, les guidant avec des rênes. Le guerrier, coiffé d'un casque où s'épanouit un volumineux panache, tient la hampe d'un étendard, qu'il appuie sur son étrange monture, et dont l'étoffe est marquée d'un P majuscule, initiale du mot Prudence.

Près du char solennel marche Cassandre, l'inutile prophétesse; Rachel assise regarde passer le cortége, Gédéon agenouillé tient dans sa main gauche un fléau à battre en grange, et dans sa droite une bouteille à large panse. A côté de Rachel, Cadmus tue avec une *morgenstern* le dragon fatal, qui a lui-même tué deux hommes. Derrière le dragon, Judith porte la tête d'Holopherne. Tous ces personnages s'alignent sur le premier plan, de droite à gauche, à partir du char; l'angle de droite montre Abigaïl, agenouillée devant David pour le fléchir.

Derrière le char, au second plan, chevauche Titus; plus loin, dans la campagne, un homme dort près de sa bêche, comme un paysan fatigué de son travail. Au-dessus se déroulent les signes du zodiaque, et, à la même hauteur, Prométhée, qui cherche le feu du ciel et montre d'une canne d'or l'astre brûlant placé hors de la tapisserie, est préservé d'une chute terrible par Minerve : la déesse lui a saisi le bras et le tient suspendu en l'air. Elle l'a forcé d'ôter son chaperon pour saluer la Prudence.

A cet épisode fait équilibre une autre scène, dans l'angle supérieur de droite. La déesse Pallas apporte au héros Persée un bouclier et une lance, comme celles dont on se servait dans les tournois et les batailles du moyen âge. Devant le guerrier mythologique est étendu le cadavre sans tête de la pétrifiante Méduse.

Pourquoi Bernard van Orley a-t-il omis une des vertus théologales, et l'a-t-il remplacée par la Prudence? Pour flatter Marguerite d'Autriche, sans doute, pour indiquer, exalter la sagesse avec laquelle cette femme d'élite gouverna réellement les Pays-Bas. L'Espérance, après tout, n'est pas une vertu pratique et d'une grande importance pour le salut des États : le sens droit et la circonspection, qui guident toute personne investie du pouvoir, ont, au contraire, une valeur inestimable. Si l'on admet cette hypothèse, les trois tapisseries formeraient un ensemble complet, ne se rattacheraient point à une série de tableaux brodés, que le temps et les catastrophes politiques survenues depuis trois siècles et demi auraient démembrée.

Le lecteur a probablement remarqué la savante bizarrerie de ces compositions allégoriques, faites pour impressionner l'imagination la plus calme. Les greniers du palais de Madrid renfermaient une vaste collection d'images analogues, conçues dans le même esprit et attribuées jusqu'à présent à Rogier Van der Weyden. Peut-être sont-elles du même auteur que es nôtres. C'est une question importante que j'étudierai en temps et lieu. Mais les tapisseries conservées en Espagne n'ayant été examinées par aucun juge compétent, je les crois *a priori* de Bernard van Orley.

De riches bordures, simulant des feuillages et des fruits, encadrent les trois sujets que nous venons de décrire.

AUTRES TAPISSERIES

DÉPART POUR LA CHASSE AU FAUCON

Un seigneur à cheval porte sur le poing l'oiseau qui va prendre son vol; un valet placé derrière lui porte de la même manière un faucon chaperonné. Deux chiens massifs marchent lourdement auprès du cavalier. Dans le lointain, une campagne où l'on remarque un aqueduc.

LA CHASSE AU FAUCON

Les oiseaux de proie, lancés dans les airs, attaquent les hérons, qui se défendent ou prennent la fuite. Un chevalier et un dame, immobiles sur leurs montures, regardent la scène. Devant eux, un fauconnier, le genou droit en terre, se penche pour saisir son faucon, qui vient d'abattre un pigeon ramier. Un autre valét de chasse, debout et tenant sur le poing un faucon chaperonné, menace d'une canne un chien qui rampe. Au second plan, d'autres fauconniers sont à l'œuvre. Dans le lointain, on aperçoit une campagne, avec un manoir gothique environné d'eau.

Les bordures, en arabesques de style italien, appartiennent à une époque plus avancée que les encadrements des tapisseries précédentes. Le dessin a également un caractère plus moderne.

ALFRED MICHIELS.

TAPISSERIES

TAPISSERIES

---

32. — Le Triomphe de la Foi.

H., 4^{m},50. L., 5^{m},60.

20,000f

33. — Le Triomphe de la Prudence.

H., 4^{m},50. L., 5^{m},60.

34. — Le Triomphe de la Charité.

H., 4^{m},50. L., 5^{m},60.

35. — Départ pour la chasse au faucon.

H., 3^{m},22. L., 5^{m},08.

3.500f

36. — La Chasse au faucon.

H., 3^{m},22. L., 3^{m}.70,

PARIS. — J. CLAYE, IMPRIMEUR, 7, RUE SAINT-BENOIT. — [271]

RED. :

22

MIRE ISO N° 1
NF Z 43-007
AFNOR
Cedex 7 · 92080 PARIS-LA DÉFENSE

graphicom

0 1 2 3 4 5 6 7 8 9 10

www.ingramcontent.com/pod-product-compliance
Ingram Content Group UK Ltd.
Pitfield, Milton Keynes, MK11 3LW, UK
UKHW021314190726
13839UKWH00007B/1354